Frauenbilder

Ein Portrait

Gabriele Ritter

Illustrationen Birte Großmann

Frauenbilder

Impressum

Bibliografische Information der Deutschen Bibliothek:
Die Deutsche Bibliothek verzeichnet diese Publikation in der Deutschen
Nationalbibliografie; detaillierte bibliografische Daten sind im Internet über
<http://dnb.ddb.de> abrufbar.

Autorin:	Gabriele Ritter
Illustration:	Birte Großmann
Layout:	Inga van Ackeren
Auswahlfotos:	Axel T. Quandt - hanseszene.de
Herstellung und Verlag:	Books on Demand GmbH, Norderstedt
Titel:	Frauenbilder - Ein Portrait, Teil 1
ISBN:	3-8334-0002-1

Zur Autorin

Gabriele Ritter wurde im Oktober 1971 geboren und wuchs in der Kleinstadt Winsen a. d. Luhe auf. Im Alter von 19 Jahren ging sie für 1½ Jahre nach Amerika/Kalifornien, um dort als Au-Pair-Mädchen zu arbeiten.

Nach ihrer Rückkehr war ihr Winsen zu klein geworden, so dass sie in eine Hamburger Wohngemeinschaft einzog, wo sie eine schöne Zeit verlebte. Leider gab es in Hamburg berufliche Schwierigkeiten, die sie 1993 dazu veranlassten, in die neuen Bundesländer nach Mecklenburg-Vorpommern zu gehen. Zudem hatte sie hier eine Marktlücke entdeckt, die sie schließen wollte. Sie gründete einen Fugenbetrieb.

Kurz bevor sie 1996 ihren einzigen Sohn Hendrik zur Welt brachte, übergab sie den Betrieb an ihren Bruder und kehrte nach Hamburg zurück, um mit ihrem langjährigen Partner, den sie auch ohne Trauschein ihren Mann nannte, eine gemeinsame Wohnung zu beziehen.

Fortan verbrachte sie noch fünf weitere Jahre an der Seite ihres Mannes, bis die Beziehung endgültig vor dem Aus stand. Zu diesem Zeitpunkt befand sich Gabriele Ritter inmitten ihrer Ausbildung zur Werbekauffrau.

Um ihre Ziele (Kind, Ausbildung und Nebenjob) durchsetzen zu können, zog Gabriele Ritter erneut um: Dieses Mal in ein kleines Dorf am Rande der Lüneburger Heide, in dem sie noch heute nah bei ihrer Familie lebt. Sie hat das Dorfleben, eigentlich nur als Übergangslösung geplant, mittlerweile ganz lieb gewonnen und hegt zudem mit größter Begeisterung ihren kleinen Kräutergarten.

Doch weil sie in ihrem Herzen stets Hamburgerin geblieben ist, kehrt sie regelmäßig in ihre Traumstadt zurück, in der sie lesenswerte Geschichten erlebt. Momente, die sie in Worte fasst, weil sie sonst viel zu schnell in Vergessenheit geraten.

Mit der Wärme ihres Herzens und der bissigen Ironie ihrer Zunge ist es Gabriele Ritter gelungen, in amüsanten und nachdenklichen Storys über das Leben einer Frau zwischen Großstadtdschungel und Landleben, zwischen Singleleben und Beziehungskisten in vielerlei Hinsicht zu berichten.
Und einen Auszug dieser Geschichten können Sie nun in aller Ruhe genießen.
Vielleicht finden Sie sich ja wieder?

10 +1 Geschichten aus dem Leben einer Frau

1

Du bist anders als ich.

Du bist anders als ich.

Gerade gestern saß ich mit einigen Freunden in einer Bar, als die Tür aufging und eine „Wow-Frau" die Räumlichkeiten betrat. Sofort hatte sie sämtliche Resonanz auf ihre Seite gezogen: Positiv, aber überwiegend negativ. „Schlampe", „Hure", „Flittchen", und ihr Schicksal war besiegelt. Fortan wurde unsere Unterhaltung auf „später" verschoben, und alle zerrissen sich die Münder: „Mit der würd ich gern mal...", „So würd ich nicht mal zum Karneval gehen!", „Hat ihr die Mutter keinen Anstand beigebracht?", „Die sollte sich was schämen!" und so weiter und so fort. Und immer wieder mit der ausdrücklichen Betonung: Schlampe, Hure, Flittchen.

Doch eigentlich sind wir es, die sich schämen sollten. Schämen dafür, dass wir willkürlich mit Schimpfwörtern um uns werfen und offensichtlich nicht wissen, was eine Schlampe eigentlich ist. Ich wusste es auch nicht so genau und habe im Lexikon nachgeschaut:
Schlampe = jmd., der keine Ordnung und Sauberkeit halten kann. Ach so. Naja, unordentlich war die „Wow-Frau" eigentlich nicht. Im Gegenteil: Ihre Kleidung war zwar gewöhnungsbedürftig, aber in jedem Fall sauber. Ihr Make-up, ihre Hände, ihr Haar... - ja, durchaus gepflegt. Somit stand fest: Sie war keine Schlampe. Wir hatten uns geirrt.

Na gut, dann ist sie eben eine Hure. Bei genauerem Nachlesen fand ich heraus: Hure = jmd., der Männer animiert, um kostenpflichtigen Sex mit ihnen auszuüben. Aha. Dass sie die Männer geradezu animiert hat oder gar genötigt hat, mit ihr kostenpflichtigen Sex auszuüben, kann ich nun nicht gerade sagen. Vielmehr saß sie an einem ruhig gelegenen Tisch und aß eine Kleinigkeit. Ich glaube, sie flirtete noch nicht einmal. Jedenfalls nicht offensichtlich. Wenn das ihre Arbeitsauffassung war, wäre sie als Hure vermutlich verhungert. Doch letztlich konnte sie ihre Rechnung bezahlen. Von welchem Geld nur? Wir werden es wohl nie wissen, aber dennoch wissen wir:

Sie ist ein Flittchen. Klare Sache, bleibt ja auch nur übrig. Was also bitte schön, sollte sie sonst sein? Ich recherchierte: Flittchen = jmd., der überdurchschnittl. viele sexuelle Beziehungen mit verschied. Partnern unterhält.
Hmh, aber bei welcher Frau steht schon auf der Stirn geschrieben, wie viele Lover sie schon hatte? Ich jedenfalls habe noch keine beschriftete Stirn gesehen; auch ihre Stirn war unbeschriftet – das kann ich bezeugen.

Und ich kann bezeugen, dass ich viele Menschen kenne, die ihrer Phantasie freien Lauf lassen, wenn es darum geht, einen „etwas anderen" Menschen schubladenfest zu machen.

Oder wenn es eben darum geht, einer sexy gekleideten Frau einen Stempel aufzudrücken. Ein Brandmark zu setzen. Eine Marke. Es gibt viele verschiedene Marken unter uns. Sie sind das Außergewöhnliche, das Andere, das Einzigartige. Vielleicht sollten solche Frauen sogar stolz darauf sein, gebrandmarkt zu werden; weil sie sich dadurch abheben vom tristen Einerlei unseres Alltags.

Vielleicht sind „Schlampe, Hure, Flittchen" auch nur trendige Modewörter, wenn es darum geht, eine Frau zu beschreiben, die mit sich und ihrem Körper rundherum zufrieden ist; die mit ihrer Erotik kokettiert und es einfach genießt, sich schön zu fühlen. Frauen im sexy Outfit wollen vielleicht ihren Marktwert kennenlernen, sind neugierig, probieren aus und wollen wissen, wie sie auf ihre Umwelt wirken.

Frauen im sexy Outfit können einen sauberen Haushalt führen, lassen sich nicht für Sex bezahlen, sondern greifen lieber selbst ins Portemonnaie und zum Telefon, um sich einen netten Callboy zu rufen. Und: Die Anzahl ihrer Lover bleibt stets ihr süßes Geheimnis, und genau das ist es, was sie für uns so interessant macht.

Die Frage bleibt: Wenn alle Frauen im sexy Outfit Schlampen, Huren oder Flittchen sind, sind dann alle Frauen, die Haus und Kinder hüten, alte Hausmütterchen ohne jede Erotik? Und wenn alle Hausfrauen jeglicher Erotik entbehren, sind dann alle unsere Karrierefrauen wirklich eiskalt und skrupellos? Und wenn alle Karrierefrauen eiskalt und skrupellos sind... tja, sind dann alle Frauen, die nicht kochen können, so dumm wie Verona Feldbusch?

Doch ist es nicht so, dass Verona Feldbusch überhaupt nicht dumm ist?! Sondern dass sie ihr Ziel auf ihrem Weg niemals aus den Augen verloren hat, und heute das ist, was viele von uns gerne wären! Nämlich verliebt, verlobt, berühmt, Mutter, finanziell unabhängig, und vorallem eben: Sexy.

Und was ist überhaupt mit den Männern? Ist jeder Mann, der seinen Körper trainiert, oder bestenfalls von Mutter Natur muskulös gesegnet wurde, ein hohler Fitness-Heini, der Kalorien nicht von Kohlenhydrate unterscheiden kann? Und ist es wirklich so, dass jeder unserer Anzug,- und Krawattenträger ein trockener Schreibtischhengst ist, der am Abend lieber mit seinen Kontoauszügen ins Bett geht, statt sich den weiblichen Vorzügen hinzugeben? Ist jeder Angler oder Golfer langweilig und ist wirklich jeder Handwerker ein einzigartiger Lover?

Ich glaube, ich sollte hier mit den Vorurteilen aufhören. Denn sonst bin ich irgendwann an eine Schubladensumme x angekommen, und wir alle werden feststellen, dass wir gar nicht so einzigartig sind, wie wir immer glauben. Doch ist es nicht gerade unsere Einzigartigkeit, die uns als Individium ausmacht? Oder passen Sie etwa in eine gängige Schublade, die zwar nicht nach DIN, aber nach Gesellschaft genormt ist?

Letztlich ist es doch ganz egal, was eine Frau im sexy Outfit ist: Sie ist doch ein bißchen so wie wir es sind. Vielleicht ein bisschen extravaganter, vielleicht ein bisschen mutiger, vielleicht aber auch einfach nur ein bisschen weiblicher. Und wenn wir ein bisschen so sind wie sie, ist dann eine von uns auch eine Schlampe, eine Hure oder ein Flittchen? Ich denke nicht, aber würde ich das tun, müsste ich ja auch vor meiner eigenen Haustür kehren und hätte dann keine Zeit mehr, um über andere zu lästern.

Herzlichst
Ihre
Gabriele Ritter

2

Und jeden Montag kommt die Mama.

Und jeden Montag kommt die Mama.

Manchmal kommt sie auch am Dienstag oder am Donnerstag, aber Fakt ist: Am Wochenende kommt sie (fast) gar nicht mehr. Das habe ich ihr abgewöhnt. Auch wenn das etwas herzlos klingt, ist es doch ein gelungener Weg, ihre und meine Bedürfnisse unter einen Hut zu bringen.

Wenn Mama kommt, ruft sie bestenfalls kurz vorher an, um ihren Besuch anzukündigen. Meistens jedoch steht sie plötzlich und unangemeldet vor der Tür und wundert sich, dass man ihr nicht himmelhoch jauchzend in die Arme fällt.

Dieses „Plötzlich-vor-der-Tür-stehen" ist meiner Meinung nach aber auch nur eine Taktik, die sie entwickelt hat, um mir ihren Willen aufzuzwingen.

Früher, als sie sich noch regelmäßig telefonisch anmeldete, waren wir hinterher meist beide von unserem Telefonat genervt. Sie war genervt, weil ich nicht wirklich Zeit für sie hatte, und ich war genervt, weil sie mich mit ihrem angekündigten Besuch vor vollendete Tatsachen stellte. Damit machte sie stets jeder meiner bereits getroffenen Verabredungen mit meinen Freunden den Garaus.
Und: Es nervte mich wahnsinnig, dass es sie überhaupt nicht zu interessieren schien, wenn ich ihr erzählte, dass ich leider grad in jenem Moment keine Zeit hatte; weil ich mir etwas vorgenommen hatte, auf das ich mich freute. „Muss das denn sein?", „Kannst du deine Verabredung nicht auf ein anderes Mal verschieben?", „Mit wem bist du denn verabredet?" oder „Ich bleibe ja nicht lange!", waren ihre Antworten.

Puh, manche Mütter machen es einem nicht gerade leicht; und wenn mir das Datum in meinem Personalausweis nicht mit absoluter Gewissheit sagen würde, dass ich mittlerweile eine erwachsene Frau von Anfang dreißig bin, hätte ich manchmal wirklich Grund zur Annahme, ich sei noch nicht einmal der Pubertät entwachsen.

Aber nun gut, ich liebe meine Mutter. Ich liebe sie wirklich. Und gerade deshalb lasse ich mich vermutlich jedes Mal breitschlagen. Vorallem dann, wenn sie mit zuckersüßer Stimme säuselt: „Mit wem bist du denn verabredet?"
„Mama! Melanie und Inga kommen nachher zu mir. Wir wollen Pasta machen, ein wenig quatschen und dann einen Cocktail im „Mexx" trinken gehen..."
„Na ja, dann bin ich wohl heute nicht willkommen", seufzt sie ins Telefon und legt auf.

Toll, nun habe ich wieder ein schlechtes Gewissen. Dieses aber gewiss nicht lange, denn bereits eine Stunde später steht Mama vor der Tür und eilt in die Küche, um ihre große Einkaufstüte abzulegen. „Ach Kind, auf Dauer

immer nur Pasta: Das kann doch nicht gesund sein!" gibt sie zum Besten. Und weiter: „...ich habe schöne Filetstücke gekauft, frisches Gemüse und dazu gibt es Petersilienkartoffeln. Hier, fang du doch schon mal an das Gemüse zu schneiden. Und vorher waschen, nicht vergessen...", trällert sie vor sich hin.

Na super: Schlechtes Gewissen nun hin oder her, aber so habe ich mir meinen Mädelsabend irgendwie nicht vorgestellt. Innerhalb weniger Minuten ist meine Küche im schönsten Chaos versunken; schmutziges Geschirr stapelt sich, und auf dem Herd stehen vier Töpfe gleichzeitig und blubbern vor sich hin. Ein Nudelauflauf wäre ja entspannter gewesen, aber davon will Mama nichts wissen.

Überglücklich in ihrem Element, setzt sie sich auf die Bank vor dem Fenster in meiner großen Wohnküche und diktiert mir ihre Anweisungen während sie sich schon mal über den teuren Wein hermacht, den ich eigentlich mit meinen Freundinnen zusammen trinken wollte.

„Mama, wieso kochst du nicht einfach, anstatt mir zu sagen, dass ich alles falsch mache?!", will ich wissen.
„Aber Gabriele! Ich bin Gast. Und als solcher habe ich sogar schon unser Essen einkauft."

Ach so. Jetzt sind wir schon bei unser Essen angekommen. Sagte sie nicht, dass sie nicht lange bleiben wollte? Nun ja, ich muss mich da wohl verhört haben.

„Ach..." seufzt sie: „Melanie habe ich ja auch schon lange nicht mehr gesehen. Ist sie immer noch mit diesem viel jüngeren Mann zusammen?" „Jan, Mama. Er heißt Jan." „Ach ja, genau. Und läuft es gut mit den beiden?" „Ja, seit immerhin fünf Jahren", bestätige ich ihr.

Dann will sie natürlich wissen, was mein Liebesleben macht und stellt dabei unaufhaltsam fest, dass es langsam an der Zeit ist, für meinen siebenjährigen Sohn aus meiner früheren Beziehung ein Geschwisterchen zu planen. „Ist ja nichts, wenn ein Kind so alleine aufwachsen muss", gibt sie zum Besten. „Ach Mama, einen passenden Vater für ein zweites Kind zu finden, ist nun mal nicht so leicht", entgegne ich.

Anschließend kommt wieder die Geschichte von dem netten Nachbarn Christian, dass er doch in meinem Alter sein müsste und dass er ein unglaublich netter Mann sei. Meine Mutter kann sowieso nicht verstehen, warum so ein Mann noch Single ist, und sie findet, dass er so gut zu mir passen würde. Ich meine, ich mag Christian ja auch - als Nachbarn. Er ist sicher sehr hilfsbereit, und er ist auch wirklich nett. Aber wenn ich ihn mir näher unter die Lupe nehme, dann weiß ich ganz genau, warum er noch Single ist. Und damit möchte ich das Thema auch beenden.

Zum Glück klingelt es gerade an der Tür, und als Melanie und Inga hereinkommen, ist das Kapitel „Christian" auch, Gott sei Dank, erst einmal vergessen.

Unvoreingenommen und positiv überrascht, setzen sich meine Mädels zu meiner Mutter an den Tisch und füllen sich den letzten Rest der Weinflasche in ihre Gläser.

Und so langsam und allmählich werde auch ich entspannter. Mag es am Wein liegen oder einfach daran, dass ich mir gemeinsam mit meinen Mädels die Zeit nehme, meiner Mutter zuzuhören? Ich weiß es nicht, aber ich weiß, dass wir zu guter Letzt einen wirklich anregenden Abend hatten. Irgendwie war meine Mutter so entspannt, so locker, so fröhlich. Und im Laufe des Abends erkannte ich ihre Standpunkte nicht mehr als Einmischung in mein Leben, sondern vielmehr als Hinweis auf ihre Fehler, die sie während ihres Lebens gemacht hatte und deren Vermeidung sie lediglich als Rat an uns weitergeben wollte.

Dieser Abend war wider Erwarten sehr locker und ungezwungen. Ich fühlte mich locker und ungezwungen. Und obwohl meine Küche einige Stunden später erst recht aussah, als hätte eine Geschirrbombe hier ihr Unwesen getrieben, fühlte ich mich wohl und frei und genoss die Unterhaltung, wie sie entsteht, wenn Frauen im Alter von Anfang zwanzig über Anfang dreißig bis Anfang fünfzig zusammentreffen.

Irgendwann zu später Stunde wollen meine Mädels und ich aber doch noch ins „Mexx". Und ich schwöre: Wäre meine Mutter mitgekommen, hätte ich mich sogar darüber gefreut. Aber Mama ist geschafft.

Sie bedankt sich für den schönen Abend und bittet darum, noch kurz vor ihrem Haus abgesetzt zu werden, bevor wir ins „Mexx" weiterfahren. Im Auto haben wir dann beschlossen, den Abend irgendwann mal zu wiederholen, als wir auch schon vor dem Haus meiner Mutter stehen. Beschwipst und mit einem Lächeln im Gesicht steigt sie aus, und verkündet fröhlich, dass sie uns noch viel Spaß wünscht und sie nun mit ihrer Chipstüte vor dem Fernseher einschlafen wird.

Wow, ich bin begeistert! Von dieser Seite kannte ich meine Mutter noch gar nicht. Aber ich hatte ihr bisher ja auch noch nicht viel Gelegenheit gegeben, sich mir von dieser Seite zu zeigen. Doch das werde ich ändern. Und noch bevor wir winkend in Richtung „Mexx" weiterfahren, sagt Inga mir: „Du hast eine tolle Mutter." „ Ich weiß", antworte ich und spüre eine warme Fülle in meinem Herzen. „Warum ist meine Mutter nicht so?" „Sie ist es. Ganz bestimmt sogar. Du weißt es nur bis heute noch nicht."

Herzlichst
Ihre
Gabriele Ritter

3

Jagende Männer
- Aus der Sicht einer Kellnerin.

Jagende Männer
- Aus der Sicht einer Kellnerin.

Morgen ist es wieder soweit:
Ich beginne um elf Uhr meine Schicht in einem der angesagtesten Cafés Hamburgs.

Sicherlich könnte man meinen, eine Kellnerin ist lediglich diejenige, die ihre Gäste mit Köstlichkeiten versorgt. Wahrscheinlich könnte man auch meinen, die Kellnerin sei lediglich die unscheinbarste Frau im ganzen Laden; sie sei diejenige, die immer brav und devot das Bier mit einem Lächeln auf den Tisch stellt. Natürlich schenkt man der Kellnerin keine besondere Beachtung, denn sie ist ja, wie gesagt: Nur die Kellnerin. Und damit nicht der Rede wert. Irrtum, wenn ich meinen Einwand an dieser Stelle zum Besten geben darf.

Eine Kellnerin scheint auf einige Männer einen ganz besonderen Reiz auszuüben. Wie sagte mal einer unserer Stammgäste: „Ihr Mädels seid so nah und doch so fern." Und gerade hier beginnt der Ursprung des männlichen Jagdtriebes.

Jäger fokussieren ihre Beute, pirschen sich heran, um sie zu erlegen. Bei den meisten weiblichen Gästen klappt es: Sie sitzen an den Tischen oder am Tresen und werden früher oder später erlegt - bei den Kellnerinnen klappt es aber eben nicht. Eine Kellnerin wird vom männlichen Jäger fokussiert, damit sie ihm Gutes tut, damit sie ihn umsorgt. Das allein macht sie schon mal sehr sympathisch. Fast eifersüchtig blickt er auf die übrigen Gäste, mit denen er die Kellnerin teilen muss, und stellt sich dabei manches Mal vor, wie schön es sein könnte, würde sie nur für ihn allein da sein. Er stellt sich vor, wie schön es sein könnte, würde sie nur ihn „bedienen und betüddeln"; vielleicht nicht gerade hier vor allen anderen, sondern eher bei ihm zu Hause.
Warm ums Herz wird ihm, während er sich vorstellt, dass dieses unnahbare Geschöpf ihm alles zum heimischen Sofa bringt, wonach er verlangt. Er würde sich als Pascha fühlen, als König.
Sie wäre die Frau, die es ihm gemütlich machen würde, bei der er sich wohl fühlt. Und noch bevor er diesen Gedanken zu Ende gedacht hat, blickt er auf und stellt zu seiner Freude fest:
Oh, jetzt hat sie Kurs auf meinen Tisch genommen.

Mit einem Lächeln steht sie vor ihm und erkundigt sich beinahe mütterlich nach seinen Durstwünschen. Wie charmant und überhaupt nicht kritisierend. Getreu dem Motto: Willst du statt der Caipirinha nicht lieber einen Kaffee trinken? Eine Kellnerin stellt keine unangenehmen Fragen. Sie nähert sich dem Jäger bis auf wenige Zentimeter, und doch ist sie viel zu weit von ihm entfernt, als dass er einen Versuch des Erlegens wagen könnte.

Manche versuchen es dennoch, und Fragen wie „Was möchtest du eigentlich trinken?" oder „Was machst du denn nach Feierabend?" sind keine Seltenheit.

Meistens jedoch sitzt der Jäger an seinem Platz und beobachtet seine Beute „Kellnerin", während er überlegt, mit welcher Taktik er die einzige unnahbare Frau in diesem Laden zu seinem Opfer machen kann.

Eine beliebte Taktik ist es, einen Drink im Café zu nehmen, wenn hier nicht viel los ist. Jetzt hat die Kellnerin noch Zeit und ist voll und ganz für seine „Leibeswünsche" da, und genau jetzt ist der richtige Moment, sie in ein Gespräch zu verwickeln.

Eine andere Taktik ist es, den Laden erst zu betreten, wenn hier gar nichts mehr geht und sie überhaupt keine Zeit hat, auf ein Gespräch einzugehen. Als Gast getarnt, kann unser Jäger sie in aller Ruhe beobachten, ohne dass sie Notiz davon nimmt. Und irgendwann zwischen Tür und Angel kommt er auf sie zu, sagt ihr in zwei Sätzen, dass er sie interessant findet und dass er gerne mal mit ihr ausgehen möchte; schließlich steckt er ihr einen Zettel mit seiner Telefonnummer zu.

Eine weitere Variante ist auch, sich beim männlichen Kollegen einer Kellnerin zu erkundigen, ob sie beispielsweise einen Freund hat, wie sie heißt oder wann sie das nächste Mal wieder arbeiten wird.
Dieser Versuch geht aber oft nach hinten los: Meistens wird der Jäger hier selbst zum Opfer - zum Lachopfer der ganzen Belegschaft. Nach dem Motto: „Männer sind die besseren Tratschtanten" spricht sich in Windeseile herum, dass der Typ im blauen Pulli von Tisch 7 auf die Kellnerin 28 abfährt.

Alle werfen einen Blick auf ihn und stellen Hypothesen zu seiner Persönlichkeit auf.
Und selbst wenn sie an ihm interessiert war: Spätestens jetzt wird sie nicht mehr auf ihn eingehen wollen, um nicht in diesen Sog der Lachnummer zu geraten. Das nennt man Selbstschutz.

Am erfolgreichsten sind die Jäger, die erstmal vorne am Laden stehen und beobachten, an welchen Tischen die Kellnerin der Begierde bedient. Wenn ein solcher Jäger die entsprechenden Tische ausfindig gemacht hat, setzt er sich hin und wartet darauf, dass sie zu ihm kommt.

Der Jäger freut sich, sie zu sehen und ist stets höflich und freundlich. Je öfter er dieses Balzverhalten an den Tag legt, desto mehr Notiz wird sie von ihm nehmen. Nach einigen Malen wird er ihr vertraut sein. Sie weiß bereits, was er trinkt, und ohne ihn fragen zu müssen, bekommt er seinen Drink innerhalb weniger Minuten auf den Tisch.

Dass es der Kellnerin hierbei primär darum geht, sich einen Weg zu ersparen, interessiert eigentlich nicht, denn Fakt ist: Er fühlt sich geschmeichelt.

Spätestens jetzt kann der Jäger zur Sprache bringen, dass sie ihn ja schon gut zu kennen scheint, und dass er sie auch gerne kennen lernen möchte. Mir ist kein Fall bekannt, in dem das nicht geklappt hat.

Manchem Jäger ist das aber zu aufwendig. Statt auf Ausdauer und Kontinuität setzt er auf Angriff. So ist es mir auch schon passiert, dass ein Jäger, als Jogger getarnt, um den Laden gelaufen ist, beobachtet hat, wann ich zur Schicht komme und mir einen Zettel mit seiner Nummer ans Auto geklemmt hat.
Netter Versuch, aber einseitige Blinddates sind nicht so meine Sache.

Meiner Freundin hat mal jemand einen Riesenstrauß Sonnenblumen in den Laden geschickt. Auf der Karte stand: „Wenn Du zu mir an den Tisch kommst, geht für mich die Sonne auf. Jetzt möchte ich mich revanchieren." Diese Einladung fand sie so originell, dass er sein Date bekam. Er kochte für sie, er räumte hinterher alles ab, und sie hatten einen amüsanten Abend. Ein Paar ist aber nicht aus ihnen geworden, denn außer ihr hatte er noch mehr Sterne in seinem Sonnensystem, die mindestens genauso schön waren.

Aber eine Kellnerin ist nicht immer das Ziel der Begierde. Ihr ist es möglich, Dinge auszukundschaften, die für ihn manchmal sehr unangenehm werden könnten. Sie kann ungewollte Agentin sein, und kommt hinter manches Geheimnis, von dem die weibliche Abendbegleitung eines Jägers besser nichts wissen möchte. Während des Toilettenganges ist es nur der Kellnerin möglich, an den Tisch zu kommen und zu beobachten, was er in ihrer Abwesenheit treibt.

Während die Kellnerin die Teller abräumt, spricht mancher Jäger völlig unbedarft ins Handy, dass er „...noch Überstunden machen muss", dass er „...noch immer diesen nervigen Geschäftstermin hat", dass er „...die Tussi heute noch weichklopft", dass er „...die Alte heute Nacht abschleppt, um sie morgen früh vor die Tür zu setzen", dass ihm „...das schöne Geld für diesen Scheißabend leid tut" und so weiter und so fort.

Und selbst wenn er nicht telefoniert: Spätestens beim Zahlen weiß eine Kellnerin, dass die Frau auf dem Foto in seinem Portemonnaie nicht diejenige ist, mit der er in den letzten Stunden Händchen gehalten hat.

Manches Mal habe ich mir auch schon Gedanken über mein Trinkgeld gemacht. In der Regel ist es so, dass mein Verdienst in einer Schicht zu einem Drittel aus meinem Lohn und zu zwei Drittel aus meinem Trinkgeld besteht. Doch wofür bekomme ich mein Trinkgeld eigentlich? Nur als nette

Aufmerksamkeit für meinen Service? Oder nur, „weil man das eben so macht"? Oder bekomme ich es vielleicht deshalb, damit der Jäger zeigen kann, dass ich ihm etwas wert bin? Ich habe allein schon deshalb 200 % Trinkgeld bekommen, weil ich „so schöne blaue Augen" habe. Nur zur Info: Normal sind 10 %. Mir wurde schon Klavierunterricht angeboten, denn „diese Hände seien wie geschaffen zum Klavierspielen". Ich habe auch schon zwei Heiratsanträge hinter mir. Einige meiner Kolleginnen verzeichnen da schon weitaus mehr. Mann will uns offenbar etwas Gutes tun.
Vielleicht deshalb, weil auf uns Verlass ist. Wir sind fast immer da; mit uns gibt es selten diese nervenaufreibenden Spielchen wie „Kommt sie oder kommt sie nicht?" Dafür jedoch bereiten wir den Jägern einen anderen Spielkick namens „Krieg ich sie? Und wenn ja: Wie?"

Vielleicht bekomme ich mein Trinkgeld aber auch als Anerkennung für mein schmunzelndes Schweigen, wenn ich einen jagenden Gast mal wieder beim „fremdflirten" erwischt habe. Vielleicht bekomme ich mein Trinkgeld aber auch als eine Art Honorar für meinen therapeutischen Rat, wenn der Jäger bei einem weiblichen Gast mal wieder nicht vorangekommen ist. Fragen wie: „Du bist doch auch eine Frau, was habe ich denn bloß falsch gemacht?" werden oftmals ebenso kompetent beantwortet wie die Frage, was denn heute auf der Mittagstafel steht.

Wie auch immer, vielleicht sollten Sie beim nächsten Restaurantbesuch Ihre Kellnerin etwas genauer inspizieren. Sie werden sehen, dass sie mehr kann als nur das Essen zu servieren. Sie kann Geheimnisse für sich behalten, sie kann mit einem Lächeln auch noch das zehnte Bier vorbeibringen, sie gibt gute Tipps zum Thema „Nachtleben und andere Treffpunkte", sie berät auch außerhalb der Speisekarte und erfüllt, bei Zeit und gutem Zureden, auch die unmöglichsten Wünsche, wie etwa: Frühstück noch nach 18 Uhr.

Kurzum: Eine Kellnerin kann eine richtig gute Freundin sein. Und jede gute Freundschaft bedarf einer guten Pflege. Deshalb ist es von Vorteil zu wissen, dass eine Kellnerin meist nur so zickig ist, wie der Gast, der ihr gegenübersteht. Doch das ist eher die Ausnahme.

Die meisten Gäste wissen, dass wir nur so lange diesen Nebenjob machen werden, wie wir Spaß daran haben. Und wir wissen, dass es ihnen besser gefällt, ihre Drinks von uns zu bekommen, statt sie sich am überfüllten Tresen selbst zu holen. Für einen kurzen Moment des Restaurantbesuches gehen wir also eine Art Partnerschaft ein, in der jeder vom anderen profitiert. Und das Schöne daran ist: Diese Partnerschaft kann lange aufregend sein. Denn das erotische Prickeln entflammt erneut, sobald der jagende Gast auf eine neue Idee des ersehnten „Kellnerinnen-Erlegens" kommt.

Herzlichst
Ihre
Gabriele Ritter

4

Die Vielfalt einer Frau, oder: Macken sind weiblich.

Die Vielfalt einer Frau oder:
Macken sind weiblich.

Nach acht Jahren fester Beziehung lebe ich endlich allein. Endlich eins: Weil mir der Mann nicht mehr gut tat. Endlich zwei: Weil ich endlich mit voller Wonneslust meine Macken zelebrieren kann, ohne dafür blöd angemacht zu werden.

Es gibt nämlich Dinge auf dieser Welt, die wird Mann schlichtweg nie verstehen. Und es gibt mindestens genauso viele Dinge auf dieser Welt, für die wird Mann ganz klar niemals Verständnis aufbringen.
Haarbürsten sind so ein Ding.

Ich benutze in aller Regelmäßigkeit drei Haarbürsten gleichzeitig.
Eine zum kämmen für frisch gewaschene Haare, eine für nicht mehr ganz so frische Haare und eine für fettige Haare, kurz bevor ich sie wasche. Das hat einen entscheidenden Vorteil: Wenn ich meine Haare immer mit nur einer Bürste kämmen würde, müsste ich sie definitiv einmal täglich waschen. Doch dadurch würden meine Haare austrocknen.

Bedingt durch meine drei Bürsten brauche ich meine Haare nunmehr aber nur noch alle zwei bis drei Tage zu waschen. Und auch wenn viele jetzt: „Igitt" rufen, kann ich doch von mir behaupten, weder Schuppen, Spliss oder sonstige Haarprobleme
zu haben. Und ich bin davon überzeugt: Das verdanke ich meinen drei Bürsten.

Mein früherer Partner hätte jetzt nur müde gelächelt, und vielleicht tun Sie es auch, aber ich glaube daran und bin damit glücklich.

Glücklich bin ich auch mit meinen zwei Zahnpasten.
Grundsätzlich benutze ich eine Kräuterzahnpasta. Wahrscheinlich deshalb, weil ich der Homöopathie zugewandt bin. Wenn ich aber weiß, dass ich in ein paar Tagen auf einem Mega-Event ein superweißes Strahlelächeln haben möchte, greife ich auch schon mal zu meiner Bleachingzahncreme. Für mich ist das mein Ausgleich für gesunde und weiße Zähne.
Für meinen Ex-Mann ist das schlichtweg paradox.

Ich habe auch drei Zahnbürsten:
Eine harte und feste für Massage, eine mittelharte fürs regelmäßige Putzen und eine weiche für zwischendurch.
Den fragenden Blicken meiner Besucher entgegne ich mittlerweile gelassen und behaupte auch ganz gerne mal, dass die vielen Zahnbürsten in meinem Badezimmer noch aus einer früheren Wohngemeinschaft stammen. Dann sind meine Besucher meist so sprachlos, dass sie weitere Fragen von alleine einstellen.

Zum Glück haben Männer wenig Ahnung von Kosmetik.
Dass ich zwei verschiedene Puder auftrage (ein transparentes, um den Glanz zu nehmen und ein dunkles, um Bräune zu zaubern) nehmen die Männer, die ich kenne, als normal hin. Es ist auch normal. Jedenfalls für mich.

Was für Männer jedoch mehr als unnormal ist, zeigt sich jedesmal, wenn ich shoppen gehe. Dazu muss man wissen: Tolle Pullis oder Hosen, die mir richtig gut gefallen, kaufe ich grundsätzlich im Doppelpack, also gleich zweimal. So mancher Verkäufer an der Kasse hat mich schon gefragt, ob denn das so seine Richtigkeit hat, und mit meinem gesunden Strahlelächeln konnte ich ihm versichern: „Ja, das soll so sein."

Dadurch beuge ich nämlich dem vor, was manche Männer entweder in eine tiefe Depression oder aber in einen Wutanfall versetzt: Dem Frust, wenn das gute neue Stück in der Waschmaschine entweder eingelaufen oder verfärbt, aber in jedem Fall ruiniert ist. Während der Mann noch immer dem Lieblingspulli hinterhertrauert und sich vergeblich auf die Suche nach einem neuen Pulli begibt, gehe ich mit größter Gelassenheit zu meinem Kleiderschrank und freue mich darauf, dass der „Duplikat-Zwillings-Ersatz-Pulli" nun endlich zu seinem Einsatz kommt.

Tricky, aber nicht für Männer. Dabei hätte gerade diese Erfindung von ihnen kommen müssen, schließlich sind sie bekanntlich sehr shopping-faul.

Und dann ist da noch die Sache mit meinem Auto.
Die meisten Männer finden mein Auto schön; von außen. Sobald jedoch ein Blick auf die Rücksitzbank oder in den Kofferraum geworfen wurde, ist es mit der Begeisterung vorbei: Meine Rücksitzbank gleicht nämlich einem Getränkefachhandel, und dort findet man alles von CapriSonne über Multivitaminsäfte bis hin zu Sekt oder RedBull. Die Softdrinks brauche ich, weil ich möglichst viel Flüssigkeit am Tag zu mir nehmen möchte.

Den Sekt brauche ich, falls ich spontan Lust zum feiern habe, und den RedBull brauche ich, um am nächsten Morgen aus den Augen gucken zu können. Eigentlich doch logisch, aber Männer denken da ganz anders.

„Oh Graususmaximus", wenn ich meinen Kofferraum öffne.
Er ist das, was sein Name verspricht, nämlich Raum und Platz für Koffer. Ergo: Mein zweiter Kleiderschrank. Egal, wo ich gerade bin: Ein Griff in meinen Kofferraum, und ich habe immer das passende Outfit dabei. Und: Eine große Tasche mit Fön, Duschgel, Shampoo und natürlich drei Haarbürsten finden hier zu meiner großen Entzückung auch ihren Platz.

Klasse Sache, wie ich erfahrungsgemäß sagen kann.
Aber einem Mann treibt das die Tränen in die Augen. Mein Ex-Mann hat um das viele verschwendete Benzingeld getrauert, das ich wegen all dem Ballast verpulvert habe. Aber diese paar Mark sind es mir wert, wenn ich einfach jederzeit die Möglichkeit habe, mich frisch machen zu können und mich dabei gut zu fühlen. Denn das ist meine Art von Luxus, auch wenn Mann das nie verstehen wird.

Schade nur, dass meine so geliebten Macken bei einem zukünftigen Partner in einer zukünftigen Beziehung wieder durch sein Unverständnis unterdrückt werden. Obwohl - eine meiner Macken lege ich dann sehr gerne ab: Ich werde meinen Fön nicht mehr zum Bettaufwärmen unter meine Decke legen. Denn ich finde es viel schöner, von einem liebevollen Mann gewärmt zu werden.

Herzlichst
Ihre
Gabriele Ritter

5

Warten auf den Samstagabend.
Warten nach dem Samstagabend.

Warten auf den Samstagabend.
Warten nach dem Samstagabend.

Es ist mal wieder Samstagabend, und schon wieder habe ich überhaupt keine Lust, auszugehen. Das war nicht immer so. Früher hielt mich an einem Samstagabend nichts zu Hause fest. Denn ich bin jemand, der sehr gerne mal auf Partys geht und diese Zeit dann auch genießt.

Aber irgendwie macht es mir keine Freude mehr, meine freie Zeit regelmäßig in verrauchten Clubs mit der falschen Musik und mit anstrengenden Männern zu verbringen, bei denen doch immer und fortlaufend an jedem Samstagabend das gleiche Theater gespielt wird:
„Wie heißt du?", „Was machst du?", „Bist du oft hier?", „Wollen wir uns nicht mal treffen?" Immer die gleiche Leier, immer die gleichen Typen. Immer die gleichen Flops.

Energieräuber: So nenne ich diese Männer, die mir nach zehn Minuten ihr halbes Leben unterbreitet haben und nun die Lösung für ihr Problem in meiner Antwort suchen.
„Mister Superficial" nenne ich diejenigen, die mich fragen, wie es mir geht, aber in Wirklichkeit überhaupt nicht daran interessiert sind, ob es mir gut oder schlecht geht.

Ich habe es mir mittlerweile abgewöhnt, Auskünfte über mein Wohlbefinden zu geben. Denn selbst wenn ich mit roter verschnupfter Nase und hörbarer Bronchitis noch gefragt werde, wie es mir geht, weiß ich: Jede Antwort wäre Energievergeudung. Und so ziehe ich es vor, die Frage des Ignoranten einfach zu ignorieren.

Ich habe keine Lust mehr auf solches Geschwätz. Bin ich deshalb komisch oder anders? Oder bin ich mit den Jahren einfach nur anspruchsvoller im kommunikativen Umgang geworden?
Klar ist Smalltalk wichtig. Klar will man auf Partys keine schweren Themen kauen. Aber muss man deshalb Themen ohne Inhalt zum Gespräch machen?

Meistens jedoch suchen Männer gar kein Gespräch. Sobald sie deine Telefonnummer im Handy eingespeichert haben, kommt noch der Satz: „Vielen Dank, ich freue mich und ruf dich an." Zack - und weg sind sie.

Vermutlich zur Freundin nach Hause. Und wenn nicht, ist der plötzliche Abgang für mich unbegreiflich. Denn gerade hier und jetzt könnte man doch ein erstes Gespräch führen, um überhaupt herauszufinden, ob sich die Mühe eines Anrufes eigentlich lohnt. Denn vielleicht hätte man eine halbe Stunde später festgestellt: „Du sorry, aber das passt nicht." Nein, stattdessen kommt jetzt der Nervenkitzel: Wann ruft er an? Folternd für die Seele, hartes Training für die Tugend „Geduld".

Tja, und pünktlich nach zwei bis drei Tagen kommt dann sein Anruf zum Gespräch, bei dem ich immer schon genervt bin, weil er mich solange warten ließ. Dazu muss man wissen: Ich bin ein sehr ungeduldiger Mensch. Wenn ich etwas möchte und es theoretisch auch gleich haben kann, sehe ich nicht ein, warum ich warten soll. Und wenn ich warten soll, nervt es mich nach kürzester Zeit so sehr, dass ich es gar nicht mehr will. Mein Fehler. Okay. Da muss ich an mir arbeiten.

Trotzdem: Worin liegt der Sinn des Wartens? In der Vorfreude? Möglich. Im Nervenkitzel? Möglich. In dem schlichten Verfahren, mich zappeln lassen zu wollen? Das finde ich unmöglich.

Ich weiß, dass ich manches Mal kompliziert bin. Na sagen wir: Nicht ganz einfach bin. Aber ich gehöre einfach nicht zu den Menschen, die gerne die Katze im Sack kaufen. Ich will wissen, woran ich bin und worauf ich mich da möglicherweise einlasse.

 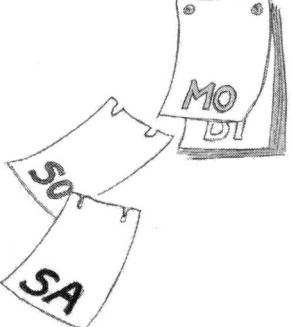

Früher war ich ganz anders. Ich liebte Überraschungen und war gespannt, ob der tolle Typ wirklich so toll war, wie ich ihn mir in meiner Phantasie ausgemalt hatte. Leider waren die wenigsten Typen so toll. Genau genommen war es nur einer, und mit dem habe ich nach ehemals langjähriger Beziehung heute einen siebenjährigen Sohn.

Als ich neulich mal wieder einen von Hamburgs Schicki-Clubs besuchte, war ich erschrocken, als Gregor - ein stadtbekannter Szenegänger - zum Gesprächsabschluss sagte: „Du brauchst hier keine Runde zu gehen. Hier läuft sowieso nur Schrott rum. Die Typen sind geil, die Frauen sind willig und nächsten Samstag geht 's im Partnertausch."

Oh, mein Gott: Ich sah ihn an und war für einen kurzen Moment wirklich sprachlos. War das hier tatsächlich die allgemeine Auffassung von „Spaß haben"? Das ist erschreckend. War ich einfach zu naiv, um das selbst zu merken, oder bin ich vielleicht etwas zu idealistisch?

Ich fragte ihn, ob er denn auch so ein Schrott-Typ sei, schließlich ginge er in aller Regelmäßigkeit dort hin. Seine Antwort: „Hey Baby, was wollen wir labern? Erst abfüllen und hinterher gibt ´s Entspannung pur."

Da wusste ich: Es ist Zeit für mich zu gehen. Da wusste ich: Hier bin ich am falschen Platz. Da wusste ich: Das ist nicht meine Auffassung von „Spaß haben". Aber da wusste ich auch: Er hat irgendwie Recht.
Denn rückblickend betrachtet, ging es den Männern, die mich hier angesprochen hatten, vermutlich wirklich nur um diese eine unverbindliche Nummer mit dem „Spaß haben".

Sorry, Jungs. Aber für Euren „Spaß" bin ich zu romantisch veranlagt. Und deshalb ziehe ich es vor, meinen Samstagabend auf meinem Sofa zu verbringen, bevor ich auch noch länger auf einen Anruf von euch warte. Lieber kraule ich meiner Katze ihren dicken Bauch - und führe nebenbei stundenlange Telefonate mit meiner besten Freundin; während wir uns parallel Fernsehsendungen anschauen, über die wir beide lachen und reden können. Ob das spannender ist? Weiß ich nicht. Aber in jedem Fall ist das sinnvoller.

Herzlichst
Ihre
Gabriele Ritter

6

Viele Frösche muß Frau küssen.

Viele Frösche muß Frau küssen.

Eigentlich ist dieses Thema umfassend genug für ein paar hundert Seiten, aber so viele Seiten besitzt mein Buch leider nicht. Also versuche ich es auf den Punkt zu bringen:

- Sind Sie in einer Beziehung und ahnen oder bestenfalls wissen um seine Affären?

- Sind Sie Single und gleichzeitig die Geliebte eines verheirateten Mannes?

- Sind Sie Single und liiert mit einem Single, der aber gleichzeitig der Geliebte einer verheirateten Frau ist?

- Glaubten Sie, in einer wunderbaren Beziehung mit Ihrem Schatz zu sein, doch dann stellte sich heraus, dass auch andere Frauen eine wunderbare Beziehung zu ihm hatten?!

- Wollten Sie heiraten, aber dann hatte er - kurz vor der geplanten Hochzeit - das erste Kind seiner Exfreundin gemacht?!

- Haben Sie sich aus Frust, aus Liebe, aus Neugier einen ganz jungen und handzahmen Freund gesucht, und nun nach der Familienfeier wissen Sie: Er schläft auch mit Ihrer Cousine?! Begründung: Der Mann habe nun mal mit 18 Jahren seinen sexuellen Höhepunkt.

- Hatten Sie seit Jahren Ihren Traummann an Ihrer Seite; doch dann hat eine gemeinsame Freundin den Alptraum wahr gemacht und Sie darüber aufgeklärt, dass er Sie mittlerweile mindestens ein Dutzendmal betrogen hat. Ein dutzend Mal mit Frauen, die Ihnen nicht unbekannt sind und von denen sogar eine behaupten konnte, eine gute Freundin von Ihnen zu sein?!

Mindestens eine dieser Situationen habe ich erlebt, mindestens eine hat Melanie erlebt, mindestens eine hat Inga erlebt, und so zieht sich der Faden weiter durch meinen gesamten weiblichen Freundeskreis.
Und: Kommt Ihnen mindestens eine dieser Situationen bekannt vor? Tja, willkommen im Club!

Das mit den Partnerschaften ist wirklich so ein Problem. Offensichtlich, weil die meisten Männer immer noch nicht ihre Gene aus grauer Vorzeit ablegen können und sich heute nach wie vor für Jäger oder Sammler halten. In diesem einen Punkt hat die Evolution zu unserem Nachteil versagt. Bei uns Frauen trat die Evolution ja auch erst recht spät mit der Emanzipation in den 70er Jahren ein, aber: Immerhin.

Denn Dank dieser wunderbaren Errungenschaft können wir uns heute unsere Männer quasi aussuchen. Wir unterliegen nicht mehr dem Druck, mit 25 Jahren verheiratet sein zu müssen. Wir unterliegen nicht mehr dem Druck, wegen Kindernachkommenschaft überhaupt heiraten zu müssen. Wir unterliegen nicht mehr dem Druck, bei einem Mistkerl bleiben zu müssen, und wenn wir uns heute scheiden lassen, reihen wir uns wunderbar in den größten Teil der heutigen Bevölkerung ein und werden auch nicht mehr wie Aussätzige behandelt.

Trotzdem: So ganz ohne Mann, ist das Leben ziemlich öde. Tröstlich nur, dass wir nicht gleich den Erstbesten nehmen müssen. Denn da unsere Erwartungen und Ansprüche mit unseren Jahren zunehmen und sich konkreter gestalten, werden wir auch zunehmend wählerischer.

Weil wir wissen, dass viele Männer genauso ticken, putzen wir uns fein raus, führen mit ihnen Gespräche über Politik u. Wirtschaft und haben uns im Internet nach allen Regeln der Kunst zum Thema Fußball, Golf und Porschemotor gebildet. Mittlerweile weiß ich aber, dass dies einigen Männern Angst macht. Nun gut, zuviel Emanzipation; also änderte ich meine Taktik.

Statt mit Männerthemen wollte ich nun mit häuslichen Themen beeindrucken: „Ich beherrsche die deutsche Küche und mache selbst aus einem versalzenen Eintopf noch ein Gourmetgericht", protzte ich vor diesem tollen Mann, der mich anschließend anschaute, als könnte ich nicht bis drei zählen. Zu dumm, vielleicht wäre ich bei ihm mit der Fußballnummer besser gefahren. Aber so was kann Frau ja nicht vorher wissen. Auf zum nächsten Versuch:

Um die Männer zu kapieren, habe ich mich bewusst einem Rollenspiel hingegeben, mich also meiner ganz eigenen „Studie" unterworfen. So ähnlich wie bei „Deutschland sucht den Superstar" hatte ich mir an jedem Wochenende ein anderes Motto gesetzt, um das Interesse der Männer auf mich zu ziehen. Nicht immer mit durchschlagender Wirkung.

Erzählte ich von meinem Traum vom Kinderglück mit Mann und Garten im ländlichen Grünen, wurde ich als nicht mehr zeitgemäßes Hausmütterchen abgestempelt. Nach dem Motto: „Besser abhauen, denn die Eheringe liegen vermutlich schon in ihrer Handtasche parat", hielt ich keinen Mann länger als eine Stunde an meiner Seite.

Gab ich mich als Vamp, glaubte Mann, ich wäre ein billiges Flittchen: Für eine Nacht, aber bitte nicht länger. Keine Sorge: Dazu kam es nie. Ich wollte ja nur sein Verhalten studieren. Die Variante „Unnahbar" mit hochgesteckten Haaren und arrogantem Blick zog zwar einiges Interesse mit sich, allerdings eher von den Damen, die wissen wollten, wie ich es geschafft hatte, meine Haare so kompliziert zu stecken. Auch der Versuch mit der Kumpel-Tour war wenig erfolgreich: In Jeans und Rolli habe ich zwar für meine Kenntnisse über Koni-Fahrwerke, Borbet-Felgen und AC-

Schnitzer-Verspoilerungen zustimmende Anerkennung geerntet, aber Mann bevorzugt offensichtlich doch eher Tussifrauen als BMW-Schnitten.

Nun gut, ich lernte daraus, und letztlich waren es auch meine Tussi-aufmachungen, die mich am erfolgreichsten werden ließen, wenn es darum ging, dass Mann sich für mich interessieren sollte.

Mit Gucci-Täschchen, Lip-Gloss und gelungenem Hüftschwung auf Highheels zog ich nun doch die Mannesresonanz auf meine Seite. Ach wie schön, das Problem war zur Hälfte gelöst. Denn immerhin weiß ich nun schon mal, auf welche Aufmachung die Art von Männern steht, auf die ich abfahre. Und da ich ja ein vielfältiger Mensch bin, kann ich mich mit dieser Aufmachung in gesunder Dosis auch anfreunden. Aber das ist leider erst die halbe Miete.

Mir muss der Mann ja auch noch gefallen. Und damit haben wir den Salat:

Grundsätzlich üben Stadt-männer auf mich einen größeren Reiz aus als Land-männer. Vielleicht weil durch das vielfältige - nicht nur kulturelle - Angebot einfach ein anderes Erleben und damit auch eine andere Persönlich-keitsausprägung stattfindet.

Stadtmänner scheinen einfach weltmännischer zu sein; obwohl, wenn man hinter die Fassade guckt, bleibt oft nicht viel davon übrig. Im Grunde genommen sind sie in ihrer Persönlichkeitsausprägung sogar eher negativer besetzt als die Landmänner.
Sie sind oftmals zu egoistisch, oftmals skrupellos, oftmals zu betrügerisch.
Andererseits haben sie eine hervorragende Optik:
Ich riskiere nämlich gern schon mal den einen oder anderen Blick, wenn ein gutaus-sehender Mann, im gutaus-sehenden Dress, in seinem gutaussehenden Auto neben mir an der Ampel steht.

Wenn indes Henning, der bäuerliche Nachbar meiner Mutter, mit dem ich als Kind in der Sandkiste gespielt habe, auf seinem Trecker am benachbarten Acker seinen Mist ausfährt, sehe ich zu, dass ich außer Reichweite komme.

Dabei ist Henning ein so herzensguter Mensch. Henning ist plump, aber Henning ist ehrlich. Henning ist nicht schön, aber Henning ist zärtlich, und er trägt seine Frau auf Händen. Henning versteht nicht viel von Aktien, aber dafür kann er seinem Sohn die Tiere im Wald erklären.

Kurzum: Eine Mischung aus optisch attraktivem Stadtmann und charakterlich attraktivem Bauern wäre der ideale Traummann für mich. Und da die Männer, die ich kenne, leider nicht diesem Ideal entsprechen, habe ich diese Erkenntnis für mich zum Anlass genommen, mich ganz frei von ihnen zu machen. Als ich mich dazu durchgerungen hatte, ist mir nach und nach die ganze „Last" abgefallen und ich merkte, wie ich innerlich freier, unbeschwerter und auch offener wurde. Ich habe es kein einziges Mal bereut, und das sagt doch alles.

Vielmehr habe ich nun endlich die Zeit, mich ganz auf mich selbst zu konzentrieren. Ich gebe mir die Möglichkeit, zu mir selber zu finden und innerlich zur Ruhe zu kommen. Es ist wohl eine der wertvollsten Zeiten in meinem Leben. Und sollte mir zwischenzeitlich tatsächlich mein Traummann über den Weg laufen, freue ich mich, mit vollem Herzen auf ihn eingehen zu können, weil ich bis dahin mein Herz von altlastenden Fröschen befreit habe.

Herzlichst
Ihre
Gabriele Ritter

7

Superman ist Science-Fiction.
Deshalb glaubt die Welt an Superwoman.

Superman ist Science-Fiction.
Deshalb glaubt die Welt an Superwoman.

Ob der Liebesfilm, den ich gerade im Fernsehen gesehen habe, der Wirklichkeit entspricht, sei einmal dahingestellt. Was aber wirklich Utopie ist, war die Werbung in den Zwischenblöcken:

Glückliche, schöne und junge Frauen, die Traumküchen in der Größe meiner ganzen Wohnung besitzen. Lächelnd kommen sie von ihrem Akademikerjob nach Hause, begrüßen herzlich ihre Kinder, die ganz lieb in den aufgeräumten Zimmern warten und kochen anschließend noch „leicht & locker" wie von Zauberhand ein Fünf-Sterne-Menü. Für sich, für ihre Kinder und für ihren ebenso glücklichen Ehemann, der natürlich wie George Clooney höchstpersönlich aussieht. Sehr realistisch.

Oder der andere Spot: Wieder eine junge Frau mit Modellfigur, angeblich Mutter von drei Kindern, die alle samt strahlend weiße Milchzähne haben, weil sie in aller Regelmäßigkeit den ach-so-gesunden Schokoriegel von ihrer Mutter bekommen. Wie einfallsreich.

Sorry, liebe WerberInnen. Aber so geht das nicht. In meinen Augen ist das nun wirklich Verbraucher- bzw. Zielgruppenveräppelung schlechthin. Welcher Konsument soll sich denn in eurer schönen, heilen Welt wieder finden? Ich jedenfalls finde mich hier nicht wieder, obwohl ich Mutter eines Sohnes bin und obwohl mein Ex-Mann zumindest die Attraktivität eines Gedeon Burckhardt besitzt.

Natürlich soll die Werbung auf Emotionen aufgebaut sein. Selbstverständlich läßt sich das besser verkaufen. Sicherlich soll mir das Werbegefühl beim Kauf des Produktes suggerieren, dass ich auch so eine tolle Frau und Mutter bin wie die in euren Spots.
Aber seien wir doch mal ehrlich:
Welche Frau in Deutschland verkörpert schon dieses Ideal?
Vor allem dann, wenn sie dazu auch noch allein erziehend ist?

Ich selbst bin zufälligerweise Werbekauffrau von Beruf. Doch mein Alltag sieht irgendwie ein bisschen anders aus: Ich habe keinen tollen Job in dieser Branche. Weil ich ganz einfach Mutter bin. Allein erziehende Mutter.

Ich kann es mir also nicht leisten, um 18 Uhr noch in ein Meeting zu gehen, und ich kann es mir nicht leisten, bis in die späten Abendstunden noch an einem Konzept zu arbeiten. Denn spätestens um 19.30 Uhr liegt mein Sohn in seinem Bett und wartet auf seine Gute-Nacht-Geschichte in Kuschelatmosphäre, damit er fröhlich am nächsten Morgen um 7.30 Uhr zur Schule gehen kann. Na, merkt ihr was...?

Mein Kind hat manchmal auch Bauchschmerzen. Oder Fieber. Oder Durchfall. Und was mache ich als liebevolle Mutter?!
Ich bleibe bei ihm zu Hause, mache Wärmflaschen heiß, Umschläge kalt oder zerreibe Äpfel und brösele Zwieback mit Bananen.

Und da ich mich nicht zweiteilen kann, wird der Job zum Wohl meines Kindes hinten angestellt.
Klar bringt ihr dafür Verständnis auf.
Einmal. Oder auch zweimal. Manchmal auch dreimal. Doch welches Kind schafft es während seiner Kindheit schon, nur dreimal krank zu werden? Mein Kind nicht, aber es ist ja auch keines von den Superkids in euren Spots.

Die Printmedien sind da leider oftmals aber auch nicht besser: „Kind & Karriere? Kein Problem!", wird den Leserinnen eingeschärft. Und manche Leserin, wie beispielsweise ich, ist so naiv, daran zu glauben und powert und ackert bis zur Erschöpfung. Grundsätzlich kann es vielleicht sogar klappen. Aber bitte: Nicht allein. Mit einem Mann an der Seite kann der Traum, eine Superwoman zu werden, vielleicht sogar real werden. Doch die meisten Männer identifizieren sich so sehr mit ihrem Job, dass es ihnen so gut wie niemals in den Sinn kommen würde, ihre Karriere fürs Babywickeln aufzugeben.

Guter Rat ist teuer: Ein Netzwerk muss her, klare Sache.
Aber ich lebe in einem kleinen Dorf am Rande der Lüneburger Heide, in dem die meisten Frauen von Netzwerken noch nie etwas gehört haben. Und nun?

Ich kenne viele Frauen. Einige von ihnen sind Mütter. Einige Mütter sind wie ich allein erziehend. Und eines haben wir alle gemeinsam: Trotz Ehrgeiz und harter Arbeit sind wir alle keine perfekten Mütter, keine perfekten Hausfrauen, keine erfolgreichen Karrierefrauen und keine bildhübschen, megagestylten Geliebten in einer Person. Denn der Tag hat nur 24 Stunden. 24 Stunden, in denen wir unserem Teilzeitjob sowie dem Haushalt und unserem Kind gerecht werden müssen.

Wir müssen in kurzer Teilzeit härter arbeiten als die Kollegen in Vollzeitbeschäftigungen; wir müssen einkaufen; wir müssen bei den Schularbeiten helfen; wir müssen den Haushalt sauber halten; wir müssen kochen; Wäsche waschen, aufhängen, bügeln und zusammenlegen. Wir müssen helfen, das Baumhaus des Sohnes zu bauen; wir müssen ihn zum Fußballtraining fahren; wir müssen uns um die Katze und um den sauberen Käfig des Meerschweinchens vom Sprössling kümmern; wir müssen Wunden verarzten; wir nehmen uns Zeit zum kuscheln und schmusen, und so ganz nebenbei haben wir am späten Abend auch noch unsere ganz private Administration zu erledigen. Wenn dann noch Zeit bleibt, treffen wir uns gerne mit Freunden oder versuchen, uns in Fernstudiengängen weiterzubilden in der Hoffnung auf eine bessere Zeit, in der wir uns endlich ein Au-Pair-Mädchen leisten können.

Ich persönlich bin vorläufig in meinen Nebenjob zurückgekehrt und arbeite an vier vollen Tagen in der Woche als Kellnerin. Ob ich hierfür überqualifiziert bin? Sicherlich. Aber hier habe ich die Möglichkeit, grundsätzlich an Wochenenden zu arbeiten, wenn mein Kind liebevoll durch seinen Vater betreut wird. Dazu arbeite ich an zwei weiteren variablen Tagen in der Woche, an denen mein Kind durch meine Familienangehörigen aufgefangen wird. Das ist mein Netzwerk. Ich kenne keine Werbeagentur, die mir diese Arbeitszeiten bieten kann. Doch anders geht es nun mal nicht, solange ich meinem Kind gerne selbst beim aufwachsen zusehen möchte und mir diese schöne Erfahrung nicht durch eine Tagesmutter nehmen lassen will.

Nebenbei werde ich weiter Kolumnen schreiben in der Hoffnung, dass ich durch einen Verlag einmal irgendwann von zu Hause aus arbeiten kann. So kriege ich Kind und Karriere vielleicht doch noch irgendwann unter einen Hut. Doch erstmal kellnere ich weiter.

Manchmal sitzen Geschäftsmänner im Café, die sich für „Mister Superman" halten und die mich von oben herab anschauen, weil ich mit Anfang dreißig noch immer in der Gastronomie stehe. Doch dann blicke ich erhaben zurück und denke: Was ich in meinen 24 Stunden am Tag alles alleine geregelt kriege, müsst ihr mir erstmal nachmachen.

Herzlichst
Ihre
Gabriele Ritter

8

Auch die Freiheit hat zwei Seiten.

Auch die Freiheit hat zwei Seiten.

Ist es nicht doch immer wieder so, dass man (oder doch eher: Frau) sich oft, oftmals, immer öfter die Frage stellt: Und dieser Mann ist nun dein Schicksal, dein Lebensgefährte, bis dass der Tod euch scheidet.

Kommen diese Gedanken nicht gerade besonders dann an die vorderste Front unserer Sinne, wenn er unrasiert neben uns auf dem Sofa rumgammelt; einzig und allein die Fernsehbedienung liebkosend?! Obwohl: Das ist auch gar nicht weiter schlimm, denn seine Liebkosungen sind uns eigentlich auch gar nicht mehr so recht willkommen.

Müde lächelnd, schauen wir darüber hinweg, wenn er doch mal in einer wahnwitzigen Attacke seine Hand auf unser Knie klatscht und freudig feststellt: „Schatz, Bayer Leverkusen schafft das heute noch. Pass mal auf." „Hmh, sicher", sagen wir und ziehen unser Knie langsam wieder unter seiner Hand weg.

Doch über wie viel wollen wir noch hinweg schauen?
Wollen wir weiterhin darüber hinweg schauen, dass er sein Bäuchlein statt mit Situps fortan mit einem Bierchen nach dem nächsten „trainiert"?

Und überhaupt: Wie oft wollen wir ihm eigentlich noch seine Socken hinterher tragen; seine Barthaare aus dem Waschbecken entfernen und uns noch sein Foto anschauen, um nicht zu vergessen, wie er aussieht, weil seine Mitarbeiter ihn öfter zu Gesicht bekommen als wir und die Kinder? Und wollen wir das Foto nicht doch lieber zerreißen, wenn wir wieder mal von seinen Affären Wind bekommen haben?!

Wie oft wollen wir uns noch die Frage stellen, warum er lieber sein blödes Auto einseift als uns den Rücken zu massieren? Wie lange wollen wir noch seine furchtbaren Macho-Freunde anlächeln, obwohl wir sie im Grunde unseres Herzens eigentlich zum Kotzen finden? Wie viele Male wollen wir uns eigentlich noch von ihm belügen lassen, und wie häufig wollen wir noch auf unseren Orgasmus verzichten, nur weil er mal wieder zu früh gekommen ist?

Wollen wir weiterhin unsere Wochenendpläne durch seine Hobbypläne torpedieren lassen und darüber hinaus noch ewig lange Verständnis für seine Karrierepläne aufbringen? Frage: Wie oft hat er denn eigentlich schon mal für uns Verständnis aufgebracht, oder uns gesagt, dass er es toll findet, wie wir alles managen? Und wie viele Male überrascht er uns, um uns eine Freude zu machen? Wie häufig läßt er uns spüren, dass wir sein Leben zutiefst bereichert haben? Und wann nimmt er sich Zeit, um wirklich für uns da zu sein, wenn wir ihn brauchen? Wie ernst nimmt er unsere Probleme, und wie oft unterbuttert er unsere Sorgen?

Wenn Sie sich bisher nicht angesprochen fühlten, gratuliere ich Ihnen herzlich zu Ihrem Prachtexemplar von Mann.

Passen Sie bitte weiterhin gut auf ihn auf, denn auch hier herrscht das allgemeingültige Gesetz aus der Wirtschaft: Angebot und Nachfrage. Alle Anderen und damit vermutlich der überwiegende Teil von uns, möchten am liebsten die Flucht ergreifen.

Während der eine Teil unserer Frauenclique noch beharrlich an der Beziehung festhält und auf bessere Zeiten hofft, hat der andere Teil mittlerweile das Handtuch geworfen. Nach dem Motto: „Das kann doch alles gewesen sein", haben wir uns getrennt, um uns auf die Suche nach Mr. Right oder wahlweise auch Mister Perfect zu machen.

Da sich bei den daheim geblieben Frauen nicht viel ändern wird, halte ich es an dieser Stelle für interessanter über die Aussteigerinnen zu schreiben:

Yiieehaaa! Freiheit! Neugier! Wissbegier! Das ist wohl unser erster Adrenalinkick. Designerklamotten und eine neue Einrichtung, in der nur wir uns wohl fühlen, und ganz gewiß nicht unser Ex, könnte unser zweiter Adrenalinkick sein.

Genial: Ein ganzer Kühlschrank nur für uns!
Viel Platz für Magermilchjoghurts, Sekt, Lippenstifte, Angorapullis und sonstige tolle Dinge. Aber: Kein Platz für Bier. Sorry.

Fußball? Um Gottes Willen: Abhauen. Es sei denn, es handelt sich um eine VIP-Einladung direkt ins Stadion, wo wir unseren Gedanken freien Lauf lassen können, wenn die sexy verschwitzten und durchtrainierten Körper der Spieler zum greifen nah an uns vorüberziehen.

Uups: Plötzlich entdecken wir ja wieder so ein Gefühl, dass wir ja schon längst verdrängt hatten. Die einen nennen es: Erotik. Die anderen: Sex.

Wir schreien innerlich "Wahnsinn!", wenn ein Date dem nächsten folgt, und uns immer mehr die Erinnerung bewusst wird: Was habe ich eigentlich in all den Jahren vor meiner „sexuellen Revolution" gemacht?

Ach ja, ich habe neben meinem Mann auf dem Sofa gesessen und mir sein Fernsehprogramm angeschaut.
Egal: Fernsehen war gestern. Leben ist heute. Und das tun wir auch: Wir drehen durch. Mit Leib und Seele, mit Haut und Haaren und werden von unseren daheim gebliebenen Freundinnen um unser freies Leben beneidet. Am Anfang unseres neuen Lebens genießen wir diesen wunderbaren Schwebezustand, doch irgendwann besinnen wir uns auf den eigentlichen Sinn unserer Trennung: Wir wollten doch Mr. Right finden.

Klar, kein Problem. Schließlich kennen wir mittlerweile viele Männer. Doch bei ernster Betrachtung stellen wir fest: Ein Mr. Right war noch nicht unter ihnen.

Patrick ist zu langweilig, Andreas zu egoistisch. Michael ist gut im Bett, aber für Society-Anlässe nicht zu gebrauchen. Mit Phillip hat man tolle Gespräche, aber der Sex: Also bitte. Peter wäre eine Überlegung wert, aber Peter studiert noch mindestens drei Jahre. Marcus hingegen ist beruflich etabliert, aber seine Haarpracht stagniert.
Ergo: Alle unsere Männerbekanntschaften, zusammen in einer Person, würden vielleicht einen Mr. Right ergeben, doch das geht ja leider schlecht.

Mal gucken, was die Kontaktanzeigen hergeben. Natürlich nur mal so aus Spaß, denn nötig haben wir das eigentlich nicht. Doch warum lesen wir dann? Vermutlich deshalb, weil wir es doch nötig haben. Denn die Fragen unserer daheim gebliebenen Freundinnen erdrücken uns zunehmend; und so langsam finden wir auch keine Ausreden mehr, warum wir uns noch immer nicht unseren Traummann geangelt haben.

"Heisser Kater sucht zarte Schmusekatze", steht da. Wer braucht denn so was? Oder der hier: "Ich bin 26 und suche geile Frau, die mir was beibringen kann." Aha, schön mein Junge, aber in der Hauptrolle „Erotiklehrerin" sehen wir uns nun gerade nicht. Außerdem wollen wir keinen unerfahrenen Milchbubi. Wir wollen einen Traummann.

Am besten schauen wir mal in den älteren Kategorien nach: "Junger 37j sucht geilen Sex mit ihr oder Paar. Mache alles was Spass macht!" Sorry, Babe, aber wer steht schon auf Wanderpokale?
Nächster Versuch: "Welche Frau hat Lust, von mir verwöhnt zu werden und mich dafür zu bestrafen?" Wie abtörnend. Nee, lass mal gut sein.

Na gut, einen letzten Versuch wagen wir noch: "Ich bin 45 Jahre & gebunden und suche den dauernden Seitensprung." Das ist ja gruselig. Das ist ja deprimierend. Das kann doch nicht alles gewesen sein!

Okay, wir geben den Männern eine Chance und wagen unseren allerletzten Versuch: "Suche ältere Frau ab 40, die weiß, was sie will - nämlich keine Beziehung." Wir geben es auf. Das macht keinen Sinn. Hier werden wir Mr. Right niemals finden. Wir wollen gerade die Zeitung zuschlagen, als uns doch noch eine ansprechende Anzeige ins Auge fällt: "Netter Mann mit Haus & Garten sucht Lebensgefährtin." Na also, geht doch. Geht nicht!

Denn nach einem Blinddate wissen wir: Er sucht eine kostenlose Putzfrau, eine kostenlose Gärtnerin und einen kostenlosen Hundesitter. Und damit steht fest: Er ist nicht das, was wir suchen.

Frustriert liegen wir abends auf unserem Sofa und rufen unsere daheim gebliebene Freundin an. Doch die hat keine Zeit. Ihr Mann hat sie anläßlich des Jahrestag zum Essen eingeladen, und die beiden wollen gleich einen schönen Abend miteinander verbringen.
Na gut, dann rufen wir eben morgen noch mal an.

Wir liegen immer noch auf unserem Sofa. Wir starren an die Decke, und die Einsamkeit macht sich um uns herum breit. „Was wohl unser Ex-Mann gerade macht?", denken wir. Ob er wohl gerade versucht, sich sein Leibgericht zu kochen, was ihm aber bestimmt wieder anbrennen wird?! Wenn wir ihn nicht anrufen, werden wir es wohl nie wissen. Aber bereits zu diesem Zeitpunkt wissen wir: Er war kein schlechter Mann. Im Grunde genommen war er sogar besser als all das, was wir nach ihm kennengelernt haben. Letztlich wird uns bewusst: Wir wollen unseren Ex-Mann zurück.

Wir wählen seine Nummer, es klingelt, und eine Frauenstimme sagt: „Hallo?" Oje, das ist schlimm. Aber es kommt noch schlimmer. Im Hintergrund hören wir unseren Ex-Mann sagen: „Schatz, wer ist denn am Telefon?" Entsetzt legen wir auf. Na, der hat sich ja schnell getröstet.

Doch wenigstens haben wir jetzt eine neue Herausforderung, ein neues Ziel: Wir suchen nicht mehr nach dem Traummann, sondern versuchen von nun an die „Alptraumfrau" wieder loszuwerden.
Aber das ist eine andere Geschichte.

Herzlichst
Ihre
Gabriele Ritter

9

Ein Stadtmensch zieht aufs Dörp´n.
Und die Zeit kann man doch anhalten.

Ein Stadtmensch zieht aufs Dörp´n.
Und die Zeit kann man doch anhalten.

Dorfleben war langweilig. Dorfleben ist langweilig. Dorfleben wird immer langweilig bleiben.

Mich zog es immer in die Großstadt, denn ich liebe sie und ganz besonders Hamburg. Die mehrspurigen, pulsierenden Straßen, auf denen manches Mal ein Michael-Schumacher-Feeling den Adrenalinkick in die Höhe treibt, kann ich nur hier erleben. Die große Auswahl der vielen aneinander gereihten Geschäfte, in denen noch wie im Mittelalter um den Preis der Ware gefeilscht wird, gibt es nur hier. Die Lässigkeit, mit der in zweiter Reihe geparkt wird, und die Toleranz des Zugeparkten ist einzigartig. Ich genieße es, mich in ein Stadtcafé zu setzen und den vielen Menschen bei ihren Erledigungen zuzuschauen. Ich liebe es, alle kulturellen Angebote zum Greifen nah für mich nutzen zu können. Alles hier ist unglaublich locker, vielseitig und vielschichtig. Mit einem Wort: Interessant.

Ich liebe die Zugehörigkeit zu dieser Stadt. Das mag sich für eine Millionenmetropole albern anhören, aber im Grunde genommen ist der aufregende und schöne Stadtteil, den ich in mein Herz geschlossen habe, auch nur ein Dorf. Ein Dorf umringt von vielen anderen Dörfern, die Eppendorf, Altona oder Harvesterhude heißen. Und alle zusammen ergeben diese wunderbare Großstadt, die mir fast alles bietet, was ich mir für mein Leben wünsche. Nie käme ich freiwillig auf die Idee, dieser Stadt endgültig den Rücken zu kehren. Denn alles um mich herum lebt, atmet, pulsiert; und ich bin ein Teil davon.

Doch manchmal muss man umdenken:

Nach der Trennung von meinem Mann gab es vier Faktoren, die mir sehr am Herzen lagen. Erstens mein Sohn, zweitens meine Ausbildung, die ich in jedem Fall zu Ende bringen wollte. Drittens das nötige Kleingeld, das ich nebenbei in der Gastronomie verdienen wollte; und viertens: Hamburg.

Hmh, ich stand vor einem Problem und musste mich entscheiden. Drei Wünsche waren nur frei, auf den vierten musste ich verzichten. Warum?

Ganz einfach:
Die Kinderbetreuung fand nur tagsüber innerhalb der Zeit statt, in der ich meiner Ausbildung nachkam. Schön und gut, aber wann sollte ich jobben gehen, um das nötige Kleingeld zu verdienen? Ich hätte stattdessen tagsüber jobben können, doch meine Ausbildung hätte ich dafür opfern müssen. Ich hätte mein Kind am Abend regelmäßig von Freundin zu Freundin reichen können, aber ob meinem Kind ein fremdes Sofa besser gefallen hätte als sein eigenes Bett? Nein, das war alles nicht das Wahre.

Und so kam ich zu dem traurigen Entschluss: Ich sage Hamburg für eine Weile adieu und ziehe in die Lüneburger Heide in das große, alte Bauernhaus meiner Mutter, das sie kürzlich gekauft hatte und in dem bereits mein Bruder und seine Lebensgefährtin gemeinsam mit ihrer kleinen Tochter Lisa lebten. Denn dadurch war mein Wunsch gefestigt, meine Ausbildung und meinen Job machen zu können, während mein Kind liebevoll durch meine Familie aufgefangen wurde.

Mein Trost: Der Umzug ins Dorfleben war nur eine Notlösung. Denn umgehend nach erfolgreicher Beendigung meiner Ausbildung würde ich nach Hamburg zurückkehren. Das war gewiss.

An einem Freitagabend beschloss ich dann also aufs Land zu ziehen, und am darauffolgenden Samstagmorgen standen meine Freunde mit Kombi, Van und Anhänger vor der Tür und halfen mir beim Verladen meiner Möbel. Ja, ich gebe zu, ich bin mitunter sehr spontan.

Aber in diesem Fall hatte die plötzliche Entscheidung vielmehr mit der Trennung meines Mannes zu tun, von dem ich fort sein wollte, noch ehe er am Abend nach Hause kam. Denn seine Gegenwart war für mich unerträglich geworden. Eigentlich war es auch keine spontane Entscheidung, sondern vielmehr eine plötzliche Lösungsfindung. Denn ich hatte mir lange zuvor erfolglos überlegt, wie ich diesen Schritt der Trennung unternehmen sollte. Vielleicht könnte man diesen Umzug, diese Lösungswahrnehmung auch als Flucht bezeichnen. Als Flucht in die Ruhe, in die Friedsamkeit. Oder als Weg in ein neues Leben ohne meinen Mann. Aber das ist eine andere Geschichte.

Zurück zum heutigen Umzug:
Im Konvoi mit gerade mal 80 km/h schlichen wir auf der Autobahn in Richtung ungewisse Zukunft. Die Fahrt kam mir so elendig lang vor, dass ich mittlerweile daran zweifelte, ob mein Entschluss wirklich richtig gewesen war. Mir wurde schlecht bei dem Gedanken, dass ich diese lange Strecke von nun an täglich fahren müsste, um nach Hamburg zur Arbeit zu kommen. Und das nicht nur einmal, sondern zweimal. Stets hin- und zurück.
Na, das konnte ja heiter werden.
Es ist nur eine Übergangslösung, tröstete mich meine innere Stimme. Es ist nicht für immer. Es ist nur für ein Jahr. Dann hast du alles geschafft, hörte ich meine Gedanken sprechen.

Ich rief meine Mutter an, um sie zu fragen, wie lange wir noch fahren müssten, um endlich anzukommen. Denn ohne Witz: Ich wusste es nicht. Ich war immer so sehr mit meinen Aufgaben beschäftigt gewesen, dass ich es nie geschafft hatte, auf einen Hausbesuch bei ihr vorbeizukommen. Deshalb hatte ich auch weder eine Ahnung, wo der Ort lag, in den wir fahren wollten, noch wie die Wohnung aussah, in die ich gleich einziehen würde. Eigentlich verrückt, wenn ich heute darüber nachdenke.

„Ja, ihr fahrt noch etwa zwanzig Minuten", sagte meine Mutter zu mir, während sich links und rechts neben der Baumallee, durch die wir gerade fuhren, die Felder auf die Blüte vorbereiteten.

„Guck mal, Mama...", rief Hendrik voller Entzückung, „...da hinten ist Bambi!" Einige Rehe liefen von den Feldern in den Wald hinein. „Ja, Schätzchen. Schön!" gab ich zur Antwort.

Ortsschild Dörp´n - die neue Heimat für mich und meinen Sohn.
Wie klein und beschaulich hier alles war: Rechts eine kleine Dorfkirche und ein Stückchen weiter ein kleiner Dorfplatz mit Tante-Emma-Laden, Apotheke, und einem kleinen Schreibwarengeschäft. An Letzterem hing im Schaufenster ein Plakat: Kopie für dreißig Pfennig. Boah, ist das teuer! In den Hamburger Copy-Shops zahle ich gerade mal 6 Pfennig. Aber immerhin: Ich war froh, dass ich hier überhaupt die Möglichkeit hatte, meine Lernunterlagen zu kopieren.

Wir fuhren weiter, und nach einer scharfen Rechtskurve bogen wir links ab in eine kleine holprige Straße: An der Ecke befand sich eine Dorfgrundschule, und wenige Meter weiter stand das Haus meiner Mutter. Wir waren endlich da.

Das Haus war schön. Auch der Hof. Die Wohnung war großzügig geschnitten, aber meine Begeisterung hielt sich in Grenzen. Und die ersten Tränen liefen mir übers Gesicht, als meine Freunde sich von mir verabschiedeten und ich mit Hendrik allein zurückblieb. Ich wollte nicht hier bleiben. Zum Leben war das hier nichts für mich. Ich passte nicht hierher. Aber mein Kopf plädierte auf Augen zu und durchhalten, und so versuchte ich, mich an den schönen Dingen des Dorflebens zu erfreuen.

Es sprach sich schnell herum, dass die Gemeinde Zuwachs bekommen hatte, und überall wo ich mit Hendrik spazieren ging, wurde ich freundlich von den Dorfbewohnern begrüßt. Ich musste mich erst daran gewöhnen, völlig fremden Menschen einen „Gouden Tach" zu wünschen, denn das kannte ich aus Hamburg nicht. Aber irgendwie hatte es auch etwas schönes und herzliches an sich.

Ein Jahr später: Meine Ausbildung hatte ich erfolgreich abgeschlossen, und einer Rückkehr nach Hamburg stand nichts mehr im Wege. Von nun an könnte ich tagsüber in der Werbebranche arbeiten und mir dadurch mein nötiges Kleingeld verdienen, während Hendrik im Kindergarten versorgt würde. An den Abenden könnte ich zu Hause bleiben und für mein Kind sorgen. Der Weg zurück nach Hamburg war frei.

Doch damit hatte ich die Rechnung ohne mein Kind gemacht: Hendrik fühlte sich wohl hier auf dem Dorf. In unmittelbarer Nachbarschaft gab es viele Jungs in seinem Alter, mit denen er die Feldmark und den Wald per Fahrrad erkundete. In seinem großen Rote-Bete-Glas, das er von meiner Mutter geschenkt bekommen hatte, schleppte er voller Begeisterung jede Menge Insekten an und freute sich unsagbar, wenn er mal wieder Sieger im Grashüpfer sammeln geworden war. Unser Zuhause war für ihn zu einer Heimat geworden, die er gegen die Großstadt nicht tauschen wollte. Denn hier hatte er alle Freiheiten zum Spielen.

Ein weiteres Jahr später: Ich habe Hendrik bis heute nicht davon überzeugen können, zurück nach Hamburg zu gehen und nerve ihn damit auch gar nicht mehr.

Anno 1959

Anno 2002

Er geht mittlerweile in die kleine Dorfschule, die ein paar Meter weiter in unserer Straße steht; und zweimal in der Woche kämpft er aktiv als Verteidiger in der G-Jugend des hiesigen Fußballvereins. Beiderorts hat er sich wunderbar integriert.

Zur Erholung spielt er gerne mit seinem Meerschweinchen Felix und seinem Hasen Charly, für die wir auf dem Hinterhof ein Freigehege gebaut haben. Fürsorglich zieht er los, um frischen Löwenzahn für die Tiere zu besorgen, und nach getaner Arbeit zieht er sich gerne mit seinen Micky-Maus-Heften in sein Baumhaus zurück. Er freut sich schon auf den Sommer, denn dann trägt der Baum leckere Süßkirschen, die er neben dem Lesen essen kann. Er ist glücklich hier. Und ich bin glücklich, wenn er es ist.

Seitdem wir unsere Wohnung neu renoviert haben und ich mir einen Garten auf dem Hof eingerichtet habe, fühle ich mich hier auch ganz wohl. Das hätte ich früher nie für möglich gehalten.

Doch meine nostalgische Ader kommt hier voll und ganz auf ihre Kosten. Wer beispielsweise wissen möchte, wie das Leben vor vielen Jahrzehnten gewesen sein muss, braucht nur unser Dorf zu besuchen. Denn hier scheint die Zeit mancherorts stehen geblieben zu sein. Die alten Bauernhäuser, die alten Bäume, die alten holprigen Straßen, in Alleen eingefasst: Das alles vermittelt ein Gefühl von Geborgenheit aus der guten alten Zeit. Hier gibt es keine Hektik, keine pulsierenden Adern. Hier gibt es Ruhe und Nähe.

Die hiesigen aufregenden Events heißen Schützenfest, Tanzaufführung der Landfrauen und bestenfalls noch das Enten-Wettschwimmen auf dem kleinen Bach, der durch unser Dorf fließt. Denn wenn mal wieder eine Katzenmutter versucht, im Tante-Emma-Laden ihre Jungen aufzuziehen, oder der Verkehr stockt, weil mal wieder eine Gänseschar die Straße für sich beansprucht, findet das hier niemand mehr aufregend. Das ist einfach so. Das ist die Gemeinschaft zwischen Mensch und Tier.

Und das ist gut so.

Heute lebe ich glücklich in meinen zwei Welten: Wenn ich zur Arbeit nach Hamburg über die Elbbrücken fahre, sage ich mir jedesmal: Nun bin ich gleich zu Hause. Und wenn ich abends den gleichen Weg zurück über die Elbbrücken nehme, denke ich das Gleiche. Ich habe mich für beide Leben entschieden und möchte heute nicht mehr ohne das andere sein. Denn hier finde ich meinen Ausgleich. Die Großstadt ist aufregend und voller Esprit. Das Dorfleben ist ruhig und voller vertrauter Behaglichkeit. Und beides hat seine guten Seiten. Ich liebe Hamburg: Für sein einzigartiges Flair. Aber ich liebe auch das Dörp´n: Für seinen einzigartigen Charme.

Herzlichst
Ihre
Gabriele Ritter

10

Mach Männchen!
Brav, das hast du gut gemacht.

Mach Männchen!
Brav, das hast du gut gemacht.

Es sind nicht einzig die Tiere diejenigen, die eine Frau dressieren kann und sich dafür den höchsten Respekt von ihren Artgenossinnen verdient. Manche Frau von uns hat nämlich für sich herausgefunden, wie das harmonische Zusammenleben zwischen Mann und Frau wirklich funktioniert. Nämlich so: Der Mann hat zu gehorchen, und die Frau erteilt die Befehle.

Natürlich muss man im Umgang mit Männern etwas humaner auftreten, denn ein schlichtes „Mach Platz!" würde ihn in seiner ganzen Manneskraft rebellieren lassen, und wir müssten zusehen, wie wir unseren ausgebüchsten Liebling wieder einfangen. Das ist auf Dauer recht anstrengend. Also dressieren wir ihn unauffällig, ohne dass er uns dabei in seiner ganzen männlichen Eitelkeit auf die Schliche kommt:

„Schatz, du hast so wunderbar starke Hände. Dein fester Griff, dein sanfter Druck; ja, du weißt genau, wie ich es gerne hab." Dieser Satz geht ihm runter wie Öl, und wir können uns sicher sein, dass er uns noch mindestens eine weitere halbe Stunde lang den Rücken massieren wird.

Statt Streit und endlosen Diskussionen setzen wir auf Diplomatie.
Er hält sich für den besten Autofahrer dieser Welt? Perfekt. Denn spätestens bei der nächsten Party kommen wir darauf zurück und säuseln ihm zärtlich ins Ohr: „Schatz, du kannst so gut Auto fahren. Viel besser als ich es je könnte." „Ja, Mäuschen, da hast du Recht. Schön, dass du es endlich einsiehst", wird er mit stolz aufgeschwellter Brust zur Antwort geben. „Prima, dann fährst du wohl auch am besten nachher nach Hause - so Mädels, wo ist der Sekt? Lasst uns feiern!"

Während er unseren Trick durchschaut hat und noch immer schmollend und nüchtern in der Ecke sitzt, feiern wir ausgelassen unsere Party und lassen ihn einfach in dem Glauben, er sei der beste Autofahrer dieser Welt. Gemein wäre es, ihn zu fragen, ob er schon mal was von Michael Schuhmacher gehört hat, aber wir wollen seine Naivität ja nicht länger strapazieren.

Amüsant wird es auch beim Kochen: Haben Sie auch so eine Spezies von Mann zu Hause, der in aller Regelmäßigkeit über Ihr Essen meckert? Fein, dann lassen Sie ihn doch mal kochen. Natürlich wird er sein Bestes geben, allein schon deshalb, um zu beweisen, dass er es einfach besser kann als Sie. Frei nach dem Motto: „Alle berühmten Köche dieser Welt waren Männer" wird er den Kochlöffel schwingen und sich ins Zeug legen, nur um Ihnen am Ende ein Prachtmenü servieren.
Und nun heißt es: Klug sein.

Statt es ihm gleich zu tun und mit Gezeter über sein Essen herzuziehen, loben wir seinen kulinarischen Geschmack in einer reichen Vielfalt dessen, was unser Vokabular an positiven Äußerungen zu bieten hat. Fazit: Er wird zwar nicht immer Zeit zum Kochen haben, aber er wird sie sich immer öfters nehmen. Er wird sich die ausgefallensten Rezepte einfallen lassen, nur um uns immer wieder überraschen zu können. Und selbst wenn uns unser Vokabular nichts mehr bietet:
Ein bestätigendes „Oooooohhhh, das hast Du wunderbar gemacht!", reicht ihm dann als Lob auch voll und ganz aus. Und während er voller Eifer neue Muster in die Kartoffeln schält, finden wir endlich die Zeit, in aller Ruhe unsere Fingernägel zu lackieren.

Doch Achtung! Bei uns Frauen funktioniert die Lobeshymnen-Maschinerie auch ganz hervorragend. Wenn niemand die Hemden so glatt bügelt wie wir, dann werden wir vermutlich noch bis an unser Lebensende am Bügelbrett stehen. Wenn niemand den Einkauf so effizient berechnet wie wir, werden wir noch ewig unsere Zeit vor dem Wurstregal im Supermarkt verbringen. Und wenn wir auf Anhieb die Steuererklärung mit dem neuen PC-Programm begreifen, können wir sicher sein, dass er sich von nun an den Steuerberater sparen wird und das eingesparte Honorar lieber an Stammtischabenden ausgeben wird, statt uns einen Blumenstrauß dafür mitzubringen.

Die schlaue Devise heißt also: Stell dich dumm an, dann machen es andere für dich! Beziehungsweise: Dann macht Mann es für dich. Und wir dürfen nicht auf die Idee kommen, durch sein Liebesgeplänkel doch noch weich zu werden. Denn Männer wissen, dass wir für einen Mann, der uns liebt und der es dann auch noch zustande bringt, uns das zu sagen, fast alles tun würden. Die Ironie dabei: Wenn er uns so liebt, wie er es sagt, warum tut er dann nicht freiwillig fast alles für uns?

Es gibt noch etliche Methoden, sich einen Mann zu dressieren, na sagen wir netterhalber: Zu erziehen. Sex steht in der Liste ganz weit oben. Durch Sex können wir einen Mann recht gefügig machen, denn einer phantasievollen und experimentierfreudigen Partnerin kann so gut wie kein Mann widerstehen, und er wird so beinahe alles bei ihr durchgehen lassen.

Durch Unberechenbarkeit geben wir dem Mann immer wieder neu das „große Rätsel Frau" auf, welches er bis ins hohe Alter versucht zu lösen. Denn welcher Mann versteht es schon, wenn die ruhige und sinnliche Traumfrau plötzlich zur frechen Göre mutiert? Klar, wird ihn das oftmals nerven, aber interessant findet er es dennoch und wird nicht davon ablassen, bevor er die „Nussfrau" geknackt hat.

Apropos nerven: Nerven dürfen wir ihn nicht. Eher im Gegenteil. Männer lieben die Distanz, aber Männer lieben es auch, die Dinge unter Kontrolle zu haben. Fast nichts macht ihn wahnsinniger, als wenn er nicht weiß, was seine Angebetene gerade macht. Deshalb rufen auch nicht wir an, sondern lassen ihn anrufen. Notfalls ein Dutzend Mal am Tag. Ausreden gibt es ständig, und wenn wir mit einem schluchzenden „Ich war ganz alleine auf der Autobahn, als der Wagen streikte" unsere Weiblichkeit ausnutzen, wird er uns am Abend mit der starken Männlichkeit seiner Arme umschlingen und tröstend zu uns sagen: „Wärst du doch ans Handy gegangen. Ich hätte dir doch sofort geholfen."

Geholfen? Wobei? Bei der teuren Shoppingtour mit der besten Freundin oder bei dem netten Flirt mit dem hübschen Kellner? Uups, verplappern Sie sich nicht, sondern gehen Sie stattdessen lieber noch mal zu Ihrem Wagen, und lassen Sie das Kühlwasser in eine Schüssel ablaufen. Dann glaubt er Ihnen bedingungslos, dass Sie ein qualmendes Martyrium auf der Autobahn erlebt haben. Er wird seinem Beschützerinstinkt alle Ehre machen und Ihnen sogar das Kühlwasser neu auffüllen.

Ach ja, irgendwie macht das Leben Spaß mit den Männern. Wobei ich betonen möchte, dass meine Mädels und ich keineswegs männerfeindlich sind. Wir lieben die Männer. Aber wir lieben es noch mehr, wenn sie nach unserer Pfeife tanzen.

Mit Lob und List können wir ihn zur Marionette unserer Wünsche machen. Wie ferngesteuert, wird er noch das Letzte aus sich herausholen, wenn wir ihn nur immer wieder dazu motivieren und ihn anschließend dafür loben. Und das Schöne daran ist: Er merkt es nicht einmal, solange er diese Kolumne nicht gelesen hat.

Herzlichst
Ihre
Gabriele Ritter

+1

Wie funktioniert eigentlich die perfekte Beziehung?

Wie funktioniert eigentlich die perfekte Beziehung?

Mir ist es schon einige Male passiert und Ihnen ganz bestimmt auch: Wir verstehen die Welt nicht mehr und blicken auf die Trümmer unserer Beziehung, obwohl wir unseren Partner doch eigentlich noch lieben. Was war eigentlich passiert? Warum musste es gerade uns passieren? Warum ist es soweit kommen? Warum musste dieser andere Mensch in das Leben unseres Partners treten, und warum hat uns unser Partner mit ihm betrogen? Warum? Viele quälende Fragen, dessen Antwort immer auf sich warten lässt, und dessen klassische Konsequenz wir oftmals als einzigen Lösungsweg nur hierin sehen: Trennung.

Da leben wir einige Jahre eigentlich ganz glücklich mit unserem Partner zusammen, um schließlich zu erfahren, dass er uns nicht treu sein kann. Und was machen wir? Wir trennen uns. Wegen seines Seitensprunges. Wegen seiner Seitensprünge. Wegen Sex.

Klar, mit der für den Kopf folgerichtigen Entscheidung, zu der uns wohl jede Mutter und jede beste Freundin raten würde, schmeißen wir unsere Beziehung über Bord und mit ihr die vielen Gemeinsamkeiten, Erlebnisse, glücklichen und unglücklichen Stunden, die wir mit unserem Partner erlebt haben. Denn: Wir wurden von ihm betrogen. Sexuell betrogen. Und damit ist alles hinfällig, was je zwischen uns gewesen ist.

Doch wie können wir so etwas verhindern? Wie können wir Vorsorge tragen, damit uns diese Demütigung nicht noch einmal widerfährt? Welche Art der Beziehung müssen wir führen, damit wir und unser Partner glücklich sind? Und gibt es diese rundherum glücklichen Beziehungen überhaupt noch? Oder sind sie mit unseren Großeltern ausgestorben?

Ich denke, die meisten heutigen Beziehungen verlaufen so: Man lernt sich kennen und lieben, ist jahrelang miteinander glücklich und plötzlich ist er da: Der Seitensprung. Wir sind verletzt, unser Partner ist ein Mistkerl, und wir wollen ihn nie wieder sehen.

Neuer Start. Neues Glück.
Wir lernen wieder jemanden kennen und verlieben uns. Doch nach einigen Jahren stehen wir vor dem gleichen Dilemma: Wir befinden uns wieder vor dem Problem Seitensprung; und unser Urinstinkt an Vertrauen geht zunehmend verloren, je öfter wir dieses Dilemma ertragen.
Was tun wir in so einer Situation am Besten? Vermutlich Single bleiben und einen weiten Bogen um jene machen, die wir als mögliche Partner in Betracht ziehen. Denn die Angst davor, sich erneut emotional fallen zu lassen, sitzt tief. Und der Aufprall auf den Boden der Realität schmerzt sehr und tut der Seele nicht gut. Wir werden vorsichtig. Wir werden distanziert.

Wir werden einsam. Aber werden wir auch glücklich? Und waren wir glücklich, als wir noch auf etwas vertraut haben, was letztlich nicht existierte, nämlich die Treue unseres Partners?

Vielleicht wäre die offene Beziehung ja das Richtige für uns. Wenn unsere ersten verliebten Jahre vorüber sind und sich das Seitensprung-Risiko dramatisch erhöht, könnten wir zur Rettung unserer Beziehung in Erwägung ziehen, offen und gleichberechtigt den Freifahrtschein zum Fremdgehen auf den Tisch zu legen. Denn nur wegen Sex soll diese Beziehung, die ja ansonsten wunderbar ist, schließlich nicht scheitern.

Der Vorteil ist: Beide können sich außerhalb der Beziehung austoben, wissen aber, wohin ihr Herz gehört und finden immer wieder zum Partner zurück. Dringende Voraussetzungen sind aber unbedingte Aufrichtigkeit, damit das Vertrauen nicht verloren geht - und vor allem starke Nerven.

Der Nachteil an dieser Methode: So schön und demokratisch dieser Versuch in der Theorie auch ist, in der Praxis wird er wohl kaum funktionieren. Denn wer schafft es schon, allein vor dem Fernseher zu sitzen und sich entspannt einen Film anzuschauen, während sich die Gewissheit im Kopf festsetzt, dass der Partner just in diesem Moment seine sexuellen Phantasien mit einer anderen austobt?
Das ist seelischer Hardcore.

Natürlich haben wir das gleiche Recht. Klar haben auch wir die Lizenz zum Fremdgehen. Sicherlich ist es im Grunde genommen okay. Schließlich haben wir uns darauf geeinigt. Aber ist dieses Wissen wirklich eine Befriedigung, wenn wir uns einfach danach sehnen, dass unser Partner jetzt bei uns wäre, um uns zärtlich in den Arm zu nehmen?

Egal für welchen Weg wir uns entscheiden: Sei es für eine monogame Beziehung, für eine offene Beziehung oder für ein Singleleben. Letztlich stumpfen wir ab, und unsere angeborene Unbeschwertheit stirbt langsam, aber unaufhaltsam. Unsere natürliche Aufgeschlossenheit und Neugier weicht mit jeder schmerzhaften Beziehungserfahrung immer weiter der Vorsicht, der Skepsis, dem Misstrauen.

Doch was wäre ein Patentrezept für eine wirklich lebenslange, vertrauensvolle und glückliche Partnerschaft? Ich weiß es nicht. Wüsste ich es, wäre ich vermutlich schon Millionärin.

Aber meinen ganz eigenen Tipp möchte ich trotzdem abgeben:
1. Sich nur auf die wirkliche Liebe einlassen. 2. Viele Gemeinsamkeiten finden und leben. 3. Aufrichtig und ehrlich sein. 4. Freiheiten zulassen. 5. Verantwortung für den Partner übernehmen.

Und wenn das alles komprimiert über Jahre hinweg zusammenwächst, ist es vielleicht auch gar nicht mehr so schlimm, wenn unser Partner eines Tages zu uns sagt: „Du Schatz, ich muss dir was gestehen."

Denn durch seine Ehrlichkeit erkennen wir jetzt ein Defizit, an dem wir mit unserem Partner gemeinsam arbeiten können. Mir dem Ziel und Sinn, dass wir unsere Partnerschaft weiterhin so wunderbar leben können wie in der Vergangenheit der letzten Jahre.

Herzlichst
Ihre
Gabriele Ritter

ZUM SCHLUSS EIN WORT AN MEINE LESERIN.

Ich danke Ihnen für Ihre Aufmerksamkeit und Ihr Interesse an meinen Frauenbildern.

Dieses Buch ist für mich ein Pilotprojekt, um Ihnen zu zeigen, was ich mache und wie ich dies umsetze. Mein persönlicher Traum ist es, zu einem späteren Zeitpunkt als Kolumnistin für ein Frauenmagazin zu arbeiten; gerade deshalb würde ich mich sehr über ein Feedback von Ihnen freuen:

Haben Ihnen meine Geschichten gefallen, oder haben Sie vielleicht Verbesserungs- oder Ergänzungsvorschläge?
Gibt es vielleicht Themen, von denen Sie sich wünschen würden, dass ich darüber schreibe?

Teilen Sie mir einfach Ihre Meinung mit, und schreiben Sie mir per

eMail an :   info@gabriele-ritter.de
                    www.gabriele-ritter.de

oder an: Gabriele Ritter
                    Postfach 1164
                    D-21379 Scharnebeck

Vielen Dank, bis gleich.

Herzlichst
Ihre
Gabriele Ritter

Frauenbilder

Danke an...

(bi_g@gmx.de)
... Birte Großmann, Graphikdesignerin, für ihre charmanten und wunderschönen Illustrationen. Birte und ich haben eine kurze Zeit zusammengearbeitet; gerade lange genug, um einander kennenzulernen und eine gemeinsame Zusammenarbeit mit diesem Buch zu planen.
Birte, meinen höchsten Respekt: Alle Ideenvorschläge hast Du detailgetreu umgesetzt! Wahnsinn: Deine Bilder sehen toll aus!

(IngavA@aol.com)
... Inga van Ackeren, Mediendesignerin, und ebenfalls eine frühere Kollegin von mir, die ich während meiner Ausbildung zur Werbekauffrau kennengelernt habe. Ist nun auch schon ein ganzes Weilchen her...
Uns verbindet eine tolle Freundschaft, und darüber hinaus hat es sehr viel Spaß gemacht, mal wieder samt Kippen und Latte Macchiato vor Deinem Mac zu sitzen! :-) Wir beide sind gemeinsam gleich doppeltkreativ! Danke für das Layout und Deine tollen Ideen!

(hanseszene.de)
... Axel T. Quandt für seine freundliche Unterstützung! Und Freundschaft zwischen Mann und Frau gibt es doch! ;-)

... Mama! Du bist wohl die Einzige, die mir meine "Flausen im Kopf" niemals wirklich übel nimmt und immer an mich glaubt.
Danke, dass es Dich gibt!

... alle meine Freunde und Bekannte, die mich mit ihrem Lob immer wieder dazu motiviert haben weiterzumachen.

... Books on Demand. Euer Konzept ermöglicht jungen Autoren-Newcomern einen Traum real werden zu lassen. Weiter so.

Ich freue mich auf Eure weitere Unterstützung für meinen nächsten Teil von

Frauenbilder - Ein Portrait,

denn ich habe schon wieder so viele neue Ideen, die ich liebend gern mit Euch allen umsetzen möchte.

Herzliche Grüße
Eure
Gabriele

Frauenbilder

Notizen

Frauenbilder

Notizen